tem alguém aí?

ESCRITO POR
Daniele Vanzan

ILUSTRAÇÃO
Rafael Sanches

1ª edição
5.000 exemplares
Agosto/2023

© 2023 by Boa Nova Editora.

Capa e Ilustrações
Rafael Sanches

Diagramação
Juliana Mollinari

Revisão
Alessandra Miranda de Sá
Maria Clara Telles

Assistente Editorial
Ana Maria Rael Gambarini

Coordenação Editorial
Ronaldo A. Sperdutti

Impressão
Gráfica Mundial

Todos os direitos reservados.

Nenhuma parte desta obra pode ser reproduzida ou transmitida por qualquer forma e/ou quaisquer meios (eletrônico ou mecânico, incluindo fotocópia e gravação) ou arquivada em qualquer sistema ou banco de dados sem permissão escrita da Editora.

O produto da venda desta obra é destinado à manutenção das atividades assistenciais da Sociedade Espírita Boa Nova, de Catanduva, SP.

1ª edição: Agosto de 2023 – 5.000 exemplares

Dados Internacionais de Catalogação na Publicação (CIP)
(Câmara Brasileira do Livro, SP, Brasil)

Vanzan, Daniele
   Tem alguém ai? / escrito por Daniele Vanzan ; ilustração Rafael Sanches. -- Catanduva, SP : Boa Nova Editora, 2023.

   ISBN 978-65-86374-29-2

   1. Literatura infantojuvenil I. Sanches, Rafael. II. Título.

23-164832   CDD-028.5

Índices para catálogo sistemático:

1. Literatura infantil   028.5
2. Literatura infantojuvenil   028.5

Aline Graziele Benitez - Bibliotecária - CRB-1/3129

Dedicatória

Dedico este livro a minha irmã de alma, Yara Dias, a seu fiel escudeiro
Carlinhos e a todos os nossos amigos e mentores queridos, que não
se poupam em trabalhar arduamente no plano espiritual com o intuito
de aliviar a dor de tantos que sofrem.

Agradecimentos

Agradeço a meu amado filho Matheus Vanzan, hoje com oito anos, por
me inspirar sempre e me acompanhar ativamente nesta empreitada de oferecer,
através dos livros, uma forma de ajudar as famílias que sofrem com tantas
dores e ainda não obtiveram ajuda. Nesta obra, ele criou o título e o
desenho da capa, que Rafael Sanches ilustrou lindamente.

Agradeço, infinitamente, a minha família e amigos amados que me nutrem e apoiam.
E agradeço ainda, em especial, a alguns clientes que me ajudaram
a reunir material e entender um pouco mais sobre a mediunidade e o
universo espiritual: Bia e Sofia Mattar, Gui Zanella, Rosângela Paiva, Léia Schneider,
João Luiz, Manú Galvão, Dudu, Matheus Coelho, Daniel Loewenbach,
Flávia Chrispino e tantos outros.
A eles, minha eterna gratidão!

Charlie era uma criança muito viva e curiosa. Com seu jeito atento e conversador, ia cativando todos por onde passava. Tinha vários amigos, com quem adorava brincar e aprender coisas novas. E na escola, seu desempenho era excelente! Apesar de se distrair com facilidade e parecer estar no mundo da lua em alguns momentos, Charlie prestava atenção nas aulas e tirava notas muito boas.

Até que, em certo momento de sua vida, de repente, ele passou a ter vários tipos de medo e dificuldade para pegar no sono. Com isso, deitar-se para dormir passou a ser uma tortura para Charlie. Ele já dormia sozinho em seu quarto, mas, como tinha a impressão de ter alguém por perto observando-o ou tentando se comunicar com ele, voltou a dormir com os pais.

Charlie passou, assim, a ter cada vez mais medo no seu dia a dia. À noite, ele já não andava sozinho pela casa, tamanho o pavor de encontrar um dos personagens macabros de seus sonhos, jogos ou desenhos animados. E, agora, pedia sempre a companhia de alguém para se locomover de um cômodo a outro, e só dormia com luzes acesas ou a TV ligada.

Bastava assistir a um desenho mais violento ou assustador, ou se envolver em brincadeiras e jogos que o deixavam mais agitado ou irritado com seu desempenho, para ter uma noite difícil e cansativa. Ele tinha sonhos em que invadiam sua casa e levavam seus pais ou sua irmã embora, ou pesadelos de perseguição em que era arrastado para um lugar assustador, escuro, gosmento e frio, onde todas as criaturas lhe pareciam horripilantes. Devido a esses pesadelos, Charlie chamava os pais, buscando sentir-se em segurança para dormir. Mesmo assim, levava um bom tempo até que conseguisse afastar as imagens horríveis e a sensação desagradável de medo pelo corpo, para voltar a dormir novamente.

Além disso, havia momentos durante o dia em que Charlie mudava de humor de repente. De uma hora para outra, aquele menino alegre e brincalhão parecia outra criança. Até suas feições se modificavam. Irritado e impaciente, passava a se aborrecer com tudo o que falavam ou faziam, passando a repetir uma mesma queixa várias vezes, como um disco arranhado. Nessas horas, até seus brinquedos o irritavam. E parecia que ele não sossegava enquanto não arrumasse confusão com alguém. Sobrava para tudo e todos que estavam por perto. Em rompantes, ele atirava seus brinquedos longe ou magoava as pessoas que amava com berros ou palavras duras, só para se arrepender mais tarde, depois que aquela "nuvenzinha carregada" se afastava.

Charlie não sabia explicar o que acontecia com ele nesses momentos de fúria. Também não percebia aquela mudança brusca antes de os rompantes chegarem. Só depois do estrago feito, e após ter se acalmado, é que se dava conta do que tinha feito. Isso passou a ficar mais evidente para ele à medida que seus amigos e familiares começaram a se queixar dele. Era como se existissem dois Charlies muito diferentes, dentro de um só. Mas, se ele sequer percebia quando o Charlie furioso entraria em cena, como evitá-lo?

Esses rompantes passaram a incomodar cada vez mais as pessoas ao redor de Charlie, e elas foram se afastando dele. Elas falavam coisas como: "Xi, ele já 'azedou'"; "Nem adianta tentar mais falar com ele!"; ou "Xi, a perturbação já vai começar!"; ou ainda: "Acabou a diversão. Melhor deixar ele sozinho para pensar no que está fazendo!"

Quando a "nuvenzinha carregada" chegava, Charlie passava muito mal! Começava a sentir uma agitação, uma angústia no peito, tremedeira pelo corpo, sensação de cansaço, fraqueza e uma vontade incontrolável de chorar, como se pudesse desmaiar a qualquer momento. Isso tudo sem nenhum motivo compreensível! A única coisa que ele queria nessa hora era fugir de onde estivesse e ir correndo para casa.

E logo chegavam pensamentos ruins, para piorar tudo e fazê-lo sofrer ainda mais. Algumas vezes, Charlie ouvia vozes chamando seu nome ou risadas que o faziam se sentir mal.

Quando isso acontecia na escola, Charlie acabava pedindo que ligassem para seus pais para buscá-lo, o que o fazia perder matérias importantes e ser apontado na escola como um menino problemático e esquisito.

Mesmo no decorrer das aulas, Charlie passou a sofrer influência dessa nuvem carregada. Ele já não conseguia fixar mais sua atenção no que o professor ensinava; ficava preso a pensamentos e sentimentos perturbadores de que os amigos e os professores não gostavam dele; de que o estavam observando ou cochichando entre si coisas ruins a seu respeito; ou de que ele não tinha nada legal para conversar com os amigos.

Em outros momentos, parecia simplesmente que ele não estava presente na aula, pois passava a aula todinha alheio a tudo o que o professor ensinava! Vinham à sua cabeça músicas, ou ideias mirabolantes, e Charlie só voltava à realidade de novo quando ouvia o sinal tocar, indicando o fim da aula.

Com tantos problemas na escola, as notas de Charlie pela primeira vez caíram, e ele começou a sofrer com mais essa questão, sentindo-se incapaz. E, quanto mais pensava assim, menos ânimo tinha para estudar. E quanto mais aulas perdia, mais foi se distanciando dos amigos e perdendo as matérias dadas. Por fim, sem os amigos por perto, Charlie começou a se sentir cada vez mais isolado e só. Era muito triste.

Seus pais passaram a lhe cobrar mais horas de estudo, a fim de que aprendesse o conteúdo das inúmeras aulas perdidas e recuperasse as notas. E, quanto mais ele pedia para não ir à aula ou para o buscarem por estar passando mal, mais preocupados os pais ficavam. A escola agora representava algo sofrido para ele!

Em casa, Charlie passou a se dar conta de que andava mentindo muito para os outros e até para ele mesmo, pois, mesmo sabendo que precisava estudar, vinham pensamentos fortes que queriam convencê-lo do contrário: "Você não precisa disso! Está sabendo toda a matéria! Para que estudar? Você está muito cansado, e suas notas estão boas!"

Mas que estranho... Ele sabia que suas notas estavam baixas. Porém, aqueles pensamentos pareciam aumentar ainda mais sua preguiça e a tendência a empurrar com a barriga o estudo, suas obrigações e tudo o que fazia! E ele passava o dia inteiro assistindo a vídeos ou jogando, sem estudar.

Bem na hora de se sentar e estudar para a prova, vinham ideias que o desviavam do estudo, sugestões para que assistisse um vídeo ou jogasse algo. E, quando se lembrava da prova no dia seguinte, logo vinham pensamentos como este: "Ah, só mais um pouquinho! Depois você estuda". E, assim, a tarde passava e nada tinha sido estudado.

Com o passar do tempo, essas questões que vinham se apresentando na vida de Charlie traziam cada vez mais consequências desagradáveis para ele.

Charlie vivia momentos de tristeza, angústia e medo que o isolavam de tudo ao redor. Em outros momentos, era tomado por aqueles rompantes de raiva, que afastavam as pessoas que o cercavam. Ninguém o entendia. Nem mesmo ele podia compreender o que estava acontecendo.

Com tudo isso, Charlie já não conseguia aproveitar os momentos que costumava curtir até então. Essas perturbações atrapalhavam seus dias, tirando-lhe a alegria de viver. Tudo isso passou a lhe dar a sensação de que estava ficando maluco.

Preocupados com as dificuldades que Charlie vinha enfrentando, seus pais decidiram buscar ajuda. Pensavam e pesquisavam o que poderiam fazer para ajudá-lo a se livrar de todo aquele sofrimento e constantes problemas. Até aquele momento, já haviam tentado de tudo! Conversaram, deram castigo, se irritaram, se desesperaram, pediram ajuda na escola, contrataram professores particulares para ensiná-lo as matérias perdidas, mas nada disso tinha sido suficiente. Os pais de Charlie não sabiam mais o que fazer.

Até que tomaram conhecimento de uma terapeuta que havia ajudado muito os amigos dele, Chico e Tico, e lá foram eles conversar com a "tia" Dani.

Após contar à terapeuta todo o histórico de Charlie, desde seu nascimento até os dias atuais, os pais marcaram logo um dia para levá-lo à sua primeira sessão.
Com as dicas da terapeuta e o conselho dos amigos que já tinham passado por essa experiência, Charlie e seus pais providenciaram um caderno com anotações que poderiam ser importantes para as sessões. Começaram a anotar nele quais pensamentos, sensações no corpo e sentimentos Charlie experimentava quando a "nuvenzinha carregada" se aproximava. Anotaram também detalhes dos pesadelos de Charlie e situações dolorosas que poderiam levar a terapeuta a entender melhor e ajudar a criança a aliviar sua dor.

Charlie passou a trabalhar duro com a terapeuta, buscando a causa de toda aquela perturbação e sofrimento. Tudo o que Charlie e os pais anotaram ajudou muito no processo, fazendo com que a tia Dani pudesse trabalhar com mais rapidez naquelas questões.

Nas sessões com ela, muitas vezes Charlie nem percebia que estava trabalhando sua dor, já que eles criavam histórias, jogavam, brincavam e desenhavam juntos. Ir para as sessões parecia divertido, e Charlie contava os dias para voltar lá na tia Dani. As histórias que surgiam nas sessões pareciam invenções de sua mente criativa. Mas isso não importava. O que importava mesmo era que Charlie começasse a recuperar sua paz e alegria de viver, ao lado de familiares e amigos.

Com as sessões, Charlie passou a se dar conta de que havia algumas coisas na sua forma de ser e agir que precisavam ser modificadas para que seu sofrimento se aliviasse.

Tia Dani foi, aos poucos, ajudando-o a perceber e a modificar algumas características suas que não lhe faziam bem. Com o auxílio dela, Charlie pôde entender que alguns desenhos violentos ou jogos deixavam-no irritado, nervoso ou contrariado demais. E isso favorecia a aproximação da tão indesejada "nuvenzinha carregada".

Então, a partir dessa sessão, ele se comprometeu a prestar mais atenção nele mesmo, e começou a parar de jogar ou ver um desenho quando notasse que estavam lhe causando mal-estar em vez de diversão.

Da mesma forma que acontecia com o jogo, Charlie percebeu, com a ajuda de tia Dani, que na escola, diante do olhar de alguns colegas, da repreensão do professor (autoridade ali na sala) ou do *bullying* sofrido pelo grupinho dos alunos populares, era despertado nele um lado que se sentia superior, melhor do que seus amigos.

Essa parte de Charlie era "cutucada" naquele momento em que ele sofria por se sentir humilhado ou excluído pelos colegas, e isso fazia a "nuvenzinha carregada" se aproximar novamente. Com ela ali, ou ele se isolava de todos, sentindo-se triste e rejeitado, ou, ao se sentir injustiçado e revoltado, simplesmente "sumia" das aulas, indo para o seu mundo de imaginação e deixando de aprender o que era ensinado ali, pois ficava preso a cenas nas quais se vingava de cada um daqueles meninos.

Juntos, Charlie e tia Dani, sua terapeuta, começaram a buscar compreender o que essa nuvenzinha desejava com tudo isso. O que será que teria o poder de afastá-la? Qual o aprendizado que Charlie deveria ter para se livrar de uma vez por todas dessa dor?

Com o decorrer das sessões, Charlie foi aprendendo a notar os momentos em que era perturbado por essa nuvenzinha. Ela atuava quando chegavam pensamentos ou sentimentos que lhe tiravam a paz, fazendo-o se sentir humilhado ou rejeitado pelas outras pessoas. Isso acabava levando-o a pensar em fazer as besteiras pelas quais receberia um castigo depois, como: querer machucar os colegas ou o professor, desrespeitar regras ou agredir seus familiares que tanto amava.

Trabalhando em algumas sessões com tia Dani, Charlie deu à tal nuvenzinha uma forma humana. Em outras, a nuvenzinha acabou se apresentando como um animal: cobra, coelho, dragão... E o curioso é que, não importando a forma, ela sempre carregava o sentimento de raiva e o desejo de se vingar de Charlie. O que será que Charlie fazia para provocar tanta raiva na nuvenzinha?

Isso foi fazendo Charlie conhecer mais e mais seu lado sombrio. E era só melhorando esses aspectos que ele conseguiria se proteger do tipo de influência que a nuvenzinha carregada tentava causar.

Logo, Charlie começou a perceber que nem todas as ideias que vinham à sua mente eram dele. Algumas pareciam ser intrusas, sugerindo sempre coisas que não eram legais e que trariam consequências desagradáveis, como castigos severos, sentimentos ruins, risco de morte ou o aborrecimento de pessoas de quem ele gostava.

Agora ele já parecia ser capaz de perceber quase todos os momentos em que a nuvenzinha se aproximava dele. E, a cada dia que passava, conseguia com mais facilidade identificar as "ideias erradas" e afastá-las. Pouco a pouco, ele foi deixando de obedecer aos comandos da nuvenzinha e passou a ser o dono de suas ações.

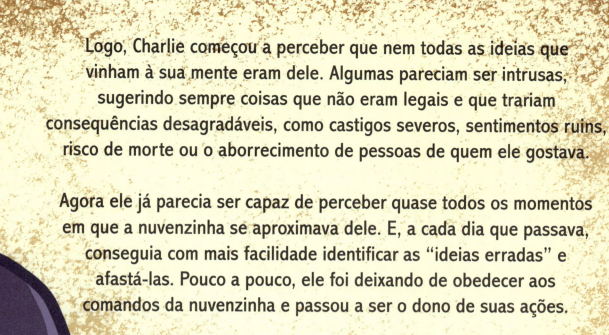

Certo dia, Charlie chegou à sessão de terapia contando sobre uma "nuvenzinha amiga" que andava acompanhando-o nos últimos dias, para defendê-lo e ajudá-lo. Mas, analisando as sugestões que ela dava a Charlie, e os sentimentos horríveis que surgiam nele depois disso, ele e tia Dani notaram que, se ele se entregasse àquelas ideias, se daria muito mal. E quem teria que arcar com as consequências daquele ato seria ele. Então, ficou claro que, de amiga, aquela nuvem não tinha nada. Ela estava se disfarçando para prejudicar Charlie.
Além das ideias erradas que ela colocava na cabeça dele, levava-o a pensar que seus pais não se importavam com ele. Na verdade, essa nuvenzinha era mais uma daquelas que traziam ideias falsas para fazer Charlie sofrer, afastar-se ou brigar com as pessoas que mais lhe queriam bem.

Dali para a frente, Charlie notou que, sempre que ficava mais alerta, tomando cuidado com o que fazia e falava para os amiguinhos, e até com o tipo de pensamento e brincadeiras que mantinha, seus dias e noites tornavam-se mais tranquilos.

Já não entrava mais naqueles momentos de cólera e descontrole. Já não ficava mais refém dos medos e pesadelos. Nem deixava nenhum sentimento forte que viesse de fora, fosse de pessoas, fosse de algum lugar, instalar-se nele, embora tudo isso lhe fosse muito novo.

Esse cuidado diário de vigiar suas ações, pensamentos e sentimentos passou a ser um hábito importante na vida de Charlie, pois, sempre que se distraía e se entregava a pensamentos negativos, logo sofria alguma influência e acabava se aborrecendo e aborrecendo os outros.

Quando Charlie deixava a nuvem tomá-lo novamente, era o momento de parar e avaliar o que ainda precisava ser modificado nele ou em uma situação. Qual era o desafio envolvido naquela situação? O que ela tentava lhe ensinar? E, com a ajuda de sua terapeuta, e mais tarde com a dos pais, Charlie podia entender e reparar a situação desagradável que tinha vivenciado.

Cada tropeço era mais uma oportunidade de aprendizado. E quanto mais lições aprendia, mais se libertava e libertava as nuvenzinhas que se mantinham presas a ele pelas mesmas dores. Dali em diante, Charlie se tornou um grande libertador de dores.

Tia Dani ensinou a Charlie que haviam pessoas que, como ele, sofriam mais fortemente a influência dessas nuvenzinhas. Eram chamados de médiuns, e tinham a capacidade de ver e ouvir os espíritos (pessoas que não possuíam um corpo físico). Assim, ele pôde perceber que muitas das sensações ruins que tinha quando passava mal e queria voltar para casa, na verdade, estavam relacionadas à aproximação de espíritos sofridos. Os sentimentos que vinham e o faziam chorar, do nada, na frente da turma inteira não eram seus. E, aos poucos, ele foi se conhecendo mais e conhecendo mais coisas a respeito dessa tal mediunidade.

Com todas essas descobertas, Charlie pôde entender por que várias vezes se sentia mal quando entrava em determinado lugar. Certos locais, como hospitais, locais lotados e barulhentos, ou até mesmo alguns ambientes conhecidos, pareciam lhe trazer sensações desagradáveis de angústia e um peso estranho.. Certas vezes, quando Charlie se aproximava de pessoas que estavam em sofrimento, sem sequer saber desse fato, ele passava a sentir aquele mal-estar também.
Foi então que ele aprendeu que muitos médiuns têm a tendência de captar as energias do ambiente e das pessoas com quem convivem. Isso, embora pudesse dar alívio à pessoa em sofrimento, fazia Charlie se sentir mal, tal como ela se sentia.

Seus pais o levaram a um local onde ele pôde estudar sobre a mediunidade e os espíritos. Ali ele conheceu muitas crianças que se sentiam exatamente como ele!
Como era bom encontrar pessoas como ele! Foi maravilhoso ser compreendido por mais gente além da tia Dani... Naquele lugar, ele teve a certeza de que não era doido, como tantos tinham falado.
Era, sim, um lindo médium, que, ao entender e aprender a usar essa faculdade, poderia ajudar muitas pessoas a se desenvolverem e superarem suas dores também.

Para pais, cuidadores, profissionais e todos os interessados pelas crianças Charlie

Introdução

Este livro foi escrito com o intuito de ajudar crianças e famílias que passam por problemas relacionados a influências espirituais e à eclosão da mediunidade em crianças e jovens sem que, muitas das vezes, saibam do que se trata toda aquela situação e muito menos como solucioná-la.

Recebo inúmeros casos em que famílias inteiras sofrem as consequências desse tipo de questão, causando não só sofrimentos emocionais, psicológicos e físicos às crianças, mas afetando também sua vida social, escolar, afetiva e familiar.

Imaginemos crianças que têm uma infância tranquila com sua família e, de uma hora para outra, passam a apresentar crises bruscas das mais variadas formas: sentindo-se, por exemplo, acuadas, com o coração acelerado, transpirando excessivamente, não conseguindo parar de chorar, mesmo estando extremamente constrangidas e preocupadas em não chamar a atenção dos colegas e com o que pensarão delas; isso tudo aliado a muitos pensamentos que inundam a mente inevitavelmente, deixando-as com uma enorme vontade de sair correndo do ambiente em que estão. Isto costuma durar alguns minutos e depois ou elas voltam a se sentir bem, como se nada tivesse acontecido e tivessem pirado por instantes, ou sentem uma ressaca, um esgotamento físico e mental enorme, como se tivessem feito um esforço grande durante um longo tempo.

E quanto aos casos em que as crianças começam a alterar seu comportamento negativamente e fazer malcriações por sugestão de pessoas que só eles podem ver e com as quais só eles podem se comunicar, às quais dão os mais variados nomes: monstro azul, cavaleiro negro, amigo grande ou nomes próprios com que apelidam ou se apelidam seus novos companheiros?

Se julgarmos quanto isso já pode ser difícil para famílias que possuem uma orientação espiritual que considera a existência da dimensão espiritual, imaginem quando isso ocorre em famílias que não possuem a crença ou o conhecimento dessa realidade?

Não pretendo aqui qualificar ou desqualificar nenhuma orientação religiosa. Ao contrário, qualifico e valorizo qualquer que seja o caminho escolhido para sustentar e auxiliar nossa caminhada de desenvolvimento. Apenas admiro e acolho o árduo esforço que os pais das crianças Charlie fazem a fim de dar conta e lidar de maneira melhor com o que seu filho apresenta, para o ajudarem a superar suas dificuldades e reencontrarem a paz e a alegria que vinham tendo até ali.

Reconheço quanto é difícil para toda a família essa prova. Mas vejo também que, ao final dessa jornada, todos saem mais maduros, mais unidos e mais conscientes de si e do outro. Essas provações desenvolvem em nós muitos atributos essenciais. Aprendemos a lidar com a diferença, a desenvolver a compaixão, a não julgar, a nos aceitar como somos, a não nos importarmos tanto com o que pensam ou falam de nós e a distinguir os amigos que desejamos que permaneçam participando de nossa caminhada e os que não valem a pena manter por perto. Nada disso é fácil, pois são aprendizados advindos da dor. Mas, se foram colocadas essas provas em nosso caminho, precisamos saber que são as provas necessárias para que tenhamos o aprendizado que nosso espírito demanda. E, se isso se apresentou neste momento, é porque temos a capacidade e a força necessárias para superarmos o desafio!

Ofereço então algumas explicações sobre esses casos, a fim de elucidá-los e prestar auxílio, para que a família, a criança/jovem, os profissionais e os cuidadores das "crianças Charlie" possam obter um olhar diferenciado sobre o que suas crianças estão vivenciando. E que possam aprender a lidar com isso de forma proveitosa e pacífica. Sendo assim, além da história infantil, vocês contarão com minhas considerações acerca das crianças Charlie, bem como orientações aos pais, profissionais e cuidadores para o trabalho de ajuda a se realizar com elas.

Neste livro, chamo carinhosamente de "crianças Charlie" as crianças ou adolescentes que *sofrem devido a algum tipo de ligação espiritual* que mantenham ou *que vivenciam a eclosão de um quadro mais ostensivo de mediunidade*. Isso acontece, muitas vezes, sem que os envolvidos tenham a menor noção do que está ocorrendo com eles, seja por possuírem uma crença religiosa que não considera essa hipótese ou por desconhecimento do fenômeno em si. Recebo famílias que viveram caminhos difíceis com seus filhos, tentando diversos tipos de tratamento e alternativas sugeridas como solução para a problemática vivenciada por eles, até tomarem conhecimento do que estava acontecendo de fato.

Um dos riscos existentes nos casos das crianças Charlie é diagnosticarem e tratarem essa criança como portadora de uma síndrome que na realidade ela não possui, rotulando-a, medicando-a, reduzindo-a, limitando-a a uma condição equivocada ou inexistente.

Imaginem tratar a criança médium ou que sofre forte influência espiritual como portadora de uma severa psicopatologia, como a esquizofrenia, ou um transtorno de ansiedade, por exemplo. Dar medicações fortes e todo tipo de tratamento quando ela na realidade precisaria de um olhar diferenciado e um outro tratamento mais eficaz e adequado ao quadro existente.

Imaginemos como uma criança saudável, que apresenta uma mediunidade mais ostensiva – já que a mediunidade é uma capacidade natural e presente em todo ser humano, diferenciando-se apenas pelo seu maior ou menor grau de expressão –, se perceberá caso seja rotulada como portadora de algum transtorno psiquiátrico ou neurológico complexo.

Como deve ser difícil para a família seguir à risca todo o tratamento proposto e passar dias e noites penando com o sofrimento do seu filho, sem sinal de melhora efetiva!

Percebo que a família, quando está diante de uma questão com seus filhos, busca, a qualquer custo, compreender e tratar o que causa sofrimento não apenas a sua criança Charlie, mas também à família inteira. E, talvez por isso, essa situação pode representar o despertar de uma visão espiritual diferenciada em toda uma família que, levada pela dor e pelo amor que nutre por sua criança, buscará compreender e lidar com esse fenômeno "novo" e inegável em sua vida da maneira necessária à manutenção do bem-estar familiar.

As crianças Charlie são aquelas que passam a apresentar desconfortos e conflitos, como alteração brusca de humor e comportamento, prejuízos escolares por isolamento das demais crianças ou por ausência nas aulas, "desligamento" da atenção durante a aula, causando a queda do rendimento escolar, crises de ansiedade, raiva, tristeza ou choros repentinos no meio do dia e sem nenhuma causa aparente, distúrbios do sono, podendo apresentar a ocorrência de pesadelos recorrentes e perturbadores, ou sono súbito no meio do dia, quadro de insegurança e medo extremo de escuro ou de se locomover de um cômodo a outro na própria casa sem a presença dos pais ou uma figura que lhe passe confiança etc. Tudo isso passa a trazer prejuízos diversos à criança, que vão desde distorções na sua autoimagem a internações em hospitais psiquiátricos.

Mas, quando essas crianças e sua família aprendem as lições que necessitam ser aprendidas, a vida volta ao normal e a calmaria passa a reinar naquele lar, e todos saem mais maduros carregando novos conhecimentos e ferramentas para a vida.

O sofrimento dos irmãos e pais das crianças Charlie

Em toda essa problemática encarada pela "família Charlie", os envolvidos sofrem consequências e necessitarão aprender diferentes lições. Os irmãos das crianças Charlie, durante as fases de crise e maior demanda dessa criança, acabam ficando sem o olhar dos pais por tempo indeterminado. Assim sendo, podem se sentir sem importância ou preteridos em função do excesso de atenção dada ao irmão, podendo até pensar que precisam dar algum tipo de problema para merecer ou requisitar novamente a atenção para si.

É uma fase em que se veem desafiados a abrir mão de suas necessidades em prol do outro. Podem aprender aqui a desenvolver a compaixão pela dor do irmão e o desejo sincero de servir, sentindo-se parte importante na cura de seu familiar. E, em vez de sofrer com a situação imposta a toda a família, pode se incluir no trabalho de equipe, por meio do qual ela também vai colaborar ativamente para o tratamento do irmão Charlie, mesmo que seja desenvolvendo maior autonomia e demandando menos dos pais, para que estes estejam mais disponíveis e tranquilos para cuidarem do Charlie. Tornar-se parte do processo provavelmente doerá menos do que se isolar e vitimizar.

Os programas familiares e momentos de lazer muitas vezes passam a ficar comprometidos devido às crises ou episódios difíceis de seu irmão Charlie. A aquisição de um bichinho de estimação ou o convite de algum amiguinho que faça companhia ao irmão da criança Charlie e se divirta com ele durante esta fase são boas saídas.

Sugiro que os pais procurem dialogar com os irmãos das crianças Charlie, a fim de informá-los sobre o quadro do irmão, investigando como andam se sentindo sobre isso e perguntando o que podem fazer para ajudar a aliviar a pressão dessa fase. Os pais também devem comunicar o que esperam do irmão da criança Charlie, bem como as formas de colaboração que ele pode fornecer para a manutenção do bem-estar em casa.

O sofrimento dos pais dessas crianças também é imenso. Eles, que até ali se empenharam no melhor papel de pai/mãe, marido/mulher, passam muitas vezes a se sentir frustrados e inseguros sobre onde foi que erraram. Sentem-se frequentemente fracassados ou perdidos.

Esses pais precisam desenvolver muitas habilidades novas para lidar com os episódios do filho de forma acertada e produtiva, pois misturam em si as preocupações com sua criança Charlie, a culpa por acabar deixando de lado não só os irmãos do filho Charlie mas também o parceiro, amigos e demais familiares. O casal normalmente tem sua vida íntima afetada, devido à demanda de o filho Charlie dormir em sua cama ou em seu quarto. Passam, assim, a se dividir para suprir as necessidades dos filhos e não deixar a criança Charlie sem uma supervisão mais intensa. Desse modo, as saídas, as noites de sono e, muitas vezes, até os papos tranquilos e longos ficam escassos, dificultando ainda mais aliviar a pressão desse momento conturbado.

Quando veem os filhos sendo rotulados ou excluídos pelos grupos sociais, sofrem e por vezes têm vontade de desistir do contato com o meio. Mas, pelo bem dos filhos, insistem em frequentar festas e reuniões, mesmo temendo que algum episódio se repita, e eles e o filho Charlie tenham que lidar com olhares e falas de reprovação, condenação e crueldade. Basta um amiguinho pegar um dos brinquedos para sua criança Charlie ter um acesso explosivo e os pais começarem a ouvir coisas do tipo: "Pronto, estava demorando! Tinha que ser o fulano!"; "Ele sempre bate!"; "Já falei para não brincar com ele!"; "Estava tudo tão calmo até ele chegar..." Isso porque, ao chegar a um evento, já se pode sentir os pais monitorando a brincadeira dos filhos mais de perto quando há uma criança Charlie por ali, alguns evitando-o e levando os filhos para brincarem com outras crianças ou para o deixarem distante dele, além de cochichos impiedosos como: "Xi, pronto, acabou a paz! Ele chegou!"; "Não brinca com o fulaninho não, ele bate, hein?", etc.

Como é difícil permanecer firme no propósito de manter o contato social e educar seu filho Charlie quando a sociedade não tem compaixão e não aproveita a oportunidade de desenvolver em seus filhos a compaixão, a capacidade de interagir com as diferenças, a habilidade de se comunicar ou maneiras

de perceber e ajudar o amigo a perceber quando vai explodir, a fim de evitar esses rompantes ou contorná-los da melhor forma.

A dimensão espiritual em crianças e jovens

De acordo com a visão de homem que tenho, considero que a consciência não é um atributo do corpo físico, mas da própria existência do ser espiritual. Portanto, concluímos com base nisso que, mesmo depois da morte do corpo físico, o ser continua "vivo". Perde seu corpo físico, a forma mais densa de manifestação do ser relacionada aos sentidos básicos e ao ego, mas continua de posse de sua individualidade, movido pelas características pessoais acumuladas e sintetizadas ao longo de suas várias existências.

Portanto, as crianças nada mais são do que seres espirituais que reencarnaram, carregando em seu psiquismo toda uma série de experiências de vidas anteriores e que estão, no momento presente, encarnadas em um corpo em desenvolvimento psicomotor.

Por essa perspectiva, as crianças vão igualmente trazer seus conflitos, tendências, dificuldades ou potencialidades, e até mesmo doenças, associados às experiências vividas em vidas anteriores que não foram elaboradas adequadamente. Assim, as crianças e os adolescentes podem apresentar ligações espirituais com desafetos do passado, da mesma forma que nascem trazendo como bagagem dons peculiares e jamais notados em nenhum familiar, ou ainda disparam traumas sem a existência de nenhum evento desencadeador ou causa aparente. Isso acaba sendo desconsiderado por muitos e surpreendendo os pais, por verem as crianças como seres puros e inofensivos. Parece até se tratar de uma covardia, num primeiro momento, quando percebemos uma criança pequena sofrendo graves consequências advindas de uma ação obsessiva (de um espírito obsessor sobre a criança).

Mas, possuindo uma visão reencarnacionista, entendemos que esse espírito que ora encontra-se num corpo de criança é no fundo um espírito advindo de inúmeras experiências passadas, ao longo das quais esteve ora encarnado, ora desencarnado, interagindo com diversos outros seres. E, neste momento atual, diante de uma infância em que apresenta ainda uma ligação com um desafeto do passado, precisa passar por algum aprendizado e modificar algo que continua mantendo em sua estrutura atual para que esse tipo de ligação seja desfeita e a brecha para novas ligações espirituais seja fechada.

E cabe a nós, por meio da educação, ajudar essas crianças a perceber e modificar o que elas mantêm, em sua forma atual de ser, pensar e agir, que favorece esse tipo de ligação. O que elas mantêm que já não faz sentido para a existência atual e precisa ser modificado? A ampliação da consciência e a transformação do ser se mostram como a saída para esse tipo de problema. E, em se tratando de crianças, pais, cuidadores e terapeutas precisam auxiliar nesse entendimento, para que as mudanças necessárias ocorram.

Então, convido-os a olharem seus filhos como espíritos imortais e buscarem identificar que tipo de características eles vêm trazendo desde sua chegada a essa vida. Quais precisam e podem ser modificadas por meio da educação e dos bons exemplos? O que esse espírito nos pede em termos de lições e dificuldades observadas em sua estrutura?

Quanto mais cedo investirmos na reforma íntima de nossos filhos, mais facilidade teremos nessas mudanças e mais tranquila será sua juventude e vida adulta.

A mediunidade

Em geral, nota-se que a criança apresenta indícios de mediunidade quando começa a apontar a presença, no ambiente, de pessoas que ninguém mais percebe, a não ser ela própria. E é bastante comum a presença de um ou mais amiguinhos invisíveis com o qual ela conversa e brinca. Às vezes, as crianças dizem estar vendo pessoas idosas, sorriem e acenam na direção em que parece não haver nada. Por conta disso, alguns pais apresentam fotos de familiares desencarnados, entre os quais a criança identifica um em particular, para surpresa da família, como sendo a "visita" com a qual ela interagiu.

Não é difícil notarmos que as crianças mantêm um acesso mais amplo ao plano espiritual. Sabe-se, pelo Espiritismo, que o processo reencarnatório prolonga-se até a adolescência, encerrando seu primeiro estágio aos sete anos de idade, devido ao amadurecimento do aparelho físico recebido para esta jornada evolutiva. Nesses primeiros anos de vida num corpo físico, na infância, o espírito mantém vínculos bastante estreitos com o mundo espiritual, que representa sua pátria de origem e de onde ele acabou de chegar.

As presenças de espíritos afins e do anjo da guarda da criança são mais próximas, no intuito de sustentá-la neste recomeço. Tais vínculos, todavia, vão se enfraquecendo quanto mais os anos passam e ela vai se apropriando e amadurecendo o aparelho físico (corpo) recebido.

A partir do sétimo ano de vida encarnado, mais uma etapa reencarnatória se completa, e o espírito gradualmente se torna mais consciente de suas potencialidades e, na adolescência, "o Espírito retoma a natureza que lhe é própria e se mostra qual era", segundo a questão 385 de *O Livro dos Espíritos*.

Não há uma idade determinada ou que seja melhor para a eclosão da mediunidade. Ela pode se manifestar em crianças, adolescentes ou pessoas adultas.

Segundo a questão 8, item 221, do capítulo XVIII de *O Livro dos Médiuns*, Allan Kardec nos responde:

Em que idade se pode ocupar, sem inconveniente, de mediunidade?

– Não há idade precisa, tudo dependendo inteiramente do desenvolvimento físico e, ainda mais, do desenvolvimento moral. Há crianças de doze anos a quem tal coisa afetará menos do que a algumas pessoas já feitas. Falo da mediunidade em geral; porém a de efeitos físicos é mais fatigante para o corpo; a da escrita tem outro inconveniente, derivado da inexperiência da criança, dado o caso de ela querer entregar-se a sós ao exercício da sua faculdade e fazer disso um brinquedo.

Na infância, o aparecimento da mediunidade é, quase sempre, tão natural quanto outros tipos de aprendizagem que vão acontecendo em todas as etapas do desenvolvimento da criança, visto terem essa relativa facilidade de perceber a presença dos espíritos e com eles manter um convívio fácil e espontâneo.

Segundo a doutrina espírita, todo ser humano tem a capacidade de se comunicar com o mundo espiritual. A mediunidade, portanto, não é um dom sobrenatural – é uma habilidade física, ligada à glândula pineal, no centro do cérebro, que capta o sinal dos espíritos como se fosse uma onda magnética, convertendo-o em percepções.

O que difere em cada médium é o nível de sensibilidade para interpretar essas percepções. Alguns entendem como pressentimento, um arrepio, um medo repentino ou uma intuição inexplicável, enquanto outros podem ver e ouvir claramente o que se apresenta. Um médium pode sentir, ver, ouvir, falar ou ainda psicografar textos ditados pelos espíritos. Essas ocorrências acontecem mesmo que a pessoa não conheça ou acredite na interação com os espíritos.

Hoje temos conhecimento dos famosos casos de Chico Xavier, que começou a se comunicar com sua falecida mãe quando tinha apenas cinco anos de idade, e de Divaldo Franco, que aos quatro anos já via espíritos.

Sinais comuns de mediunidade e da presença de influência espiritual

São eles:

- Formigamento das extremidades e suor excessivo em mãos, pés e/ou axilas.

- Sensação de peso na cabeça e nos ombros, pressão na cabeça, testa, nuca ou peito, nó ou bolo na garganta.

- Calafrios, ondas de calor e palpitações.

- Alterações bruscas de humor e/ou desmotivação.

- Raiva, nervosismo, irritações desproporcionais, repentinas e sem motivo aparente.

- Picos de tristeza e crises de choro momentâneos e sem explicação.

- Antipatias injustificáveis, sentir-se mal perto de alguém (mesmo que desconhecido) ou em determinados locais.

- Forte vazio no peito, sentimento de angústia e agitação, inquietação sem motivo e falta de saciedade emocional ("buraco emocional" ou carência afetiva irreparável).

- Sensação de animosidade e de não ser compreendido pelas outras pessoas, ou de que as coisas não estão certas (transtorno de ansiedade).

- Pensamentos e fortes sentimentos autodestrutivos, de menos valia ou pensamentos fixos e persistentes; perturbações espirituais e confusão mental.

- Sensação de desmaio sem causas físicas.

- Bloqueio mental e criativo – a pessoa perde a capacidade de raciocinar por alguns momentos, tem "um branco" ou apresenta episódios de "desligamento" do ambiente externo.

- Sensação de presenças invisíveis aos olhos, o que pode gerar medos (escuro, estar só, locais desconhecidos ou cheios) ou fobias que não existiam anteriormente (por exemplo: fobia social).

- Desequilíbrio mental, distúrbios da sexualidade (por exemplo: hipersexualidade), distúrbios alimentares (muita ou pouca fome), vícios e hábitos nocivos.

- Distúrbio (perda ou excesso) do sono. Apagões e vontade irresistível de dormir. Insônia ou terror noturno.

- Transe psicofônico (fala) ou psicográfico (escrita).

- Sonhos reveladores ou premonitórios, que se confirmam posteriormente.

- Sentir aromas que não existem no ambiente fisicamente, que mais ninguém no ambiente sente.

- A pessoa se percebe falando sobre assuntos específicos, línguas ou temas desconhecidos com fluência acima da média.

- A pessoa começa a bocejar facilmente na presença de certas pessoas ou em ambientes carregados, em que esteja cansada ou sonolenta.

- Ouvir vozes e ver vultos ou espíritos dando sugestões, comandos ou pedindo ajuda.

Amigos imaginários, mentores espirituais ou obsessores? Como distinguir?

Pesquisas apontam que três em cada dez crianças falam sobre um amigo invisível. Isso não quer dizer que todas elas sejam médiuns ostensivas. O importante a se verificar aqui é do que se trata esse tipo de fenômeno, já que pode ser a ocorrência de um amigo imaginário ou a presença de um componente espiritual. Em sendo uma aproximação espiritual, precisamos distinguir se é de um mentor ou guia que se aproxima para ajudar a criança em uma fase de seu desenvolvimento aqui na Terra ou se se trata de uma ligação obsessiva que pode se fingir de amigo a fim de incutir crenças falsas na cabeça da criança e causar sofrimento e dor.

As crianças que se comunicam com espíritos costumam ser saudáveis, sem sinais de apatia ou depressão. Interessam-se por brinquedos ou jogos, tanto quanto as outras, e encaram as visões com naturalidade, uma vez que acreditam que os demais também percebem aquelas presenças no ambiente.

Entretanto, quando são insistentemente questionadas ou repreendidas, podem ficar intrigadas com o fato de os pais se comportarem assim e começar então a sofrer com o fato, sentindo-se inadequadas por verem coisas que julgam não ser correto ver, ou confusas e inseguras por perceberem coisas que os pais afirmam não existir.

A imaginação é uma característica comum e marcante na infância. Sendo assim, é muito fácil para qualquer criança criar um amigo que o acompanhe e se divirta junto com ela em suas tarefas do dia a dia ou em suas brincadeiras. Isso pode servir de apoio a crianças que têm pouco ou nenhum contato com amiguinhos da mesma idade, quando não recebem a devida atenção dos pais e passam a maior parte do tempo sozinhas, ou quando perdem um dos pais ou atravessam algum momento muito traumático.

Esta construção fantasiosa oferece um acolhimento emocional maior e evita que a criança sofra com a solidão, mantendo sempre a companhia de um amigo, que participa das tarefas com ela sempre que necessita.

O amigo imaginário efetivamente fará, em algum nível, que a criança consiga chamar mais a atenção dos pais. Assim, ela vai aproveitar o carinho especial recebido quando os pais desconfiarem de que ela apresenta algum distúrbio psíquico, voltando seu olhar para ela e puxando assunto no sentido de investigar o fenômeno. E, mesmo que essa revelação resulte em brigas ou críticas, a criança de certa forma já conseguiu a atenção especial desejada.

Esse quadro se modifica quando se percebe, por exemplo, que a criança, na interação com o "novo amigo", começa a falar ou cantar subitamente em outra língua, ou quando a criança nomeia e descreve o amigo, e a família, ao investigar, descobre que se trata de algum familiar desencarnado, por exemplo, ou de alguém que habitou no passado a casa em que a criança está morando.

Nesses casos, não falamos de um amigo criado pela imaginação da criança, e sim da real interação da criança com um desencarnado. Pode se tratar de um espírito sofredor ou desorientado que habita o mesmo local que a criança, de um ente querido desencarnado que acompanha a família por algum motivo, de um obsessor que assusta a criança para punir alguém da família por uma dívida passada, ou até mesmo de um obsessor da própria criança, que, apesar de ainda estar em um corpo infantil, já traz na bagagem essa ligação com alguém a quem tenha provocado algum tipo de sofrimento, feito algum tipo de contrato ou mesmo alguém que necessite de seu perdão.

Ainda que a criança hoje não tenha a menor consciência do ocorrido, e esteja em uma nova experiência e portando um novo corpo físico, seu obsessor identifica nela características que ela continua trazendo de sua personalidade do passado. E, por vezes, nem percebe que ela está em um corpo infantil, pois continua enxergando-a com a forma física que tinha na época em que estiveram juntos.

Tratamento de influências espirituais com terapia de vidas passadas (TVP) ou terapia regressiva

Muitas vezes, quando colocado em um *estado ampliado ou alterado de consciência (EAC)*, a criança relata perceber no aqui e agora do *set* terapêutico (não em uma situação relembrada do passado) a atuação de uma individualidade em condição extracorpórea. Como a Psicologia Transpessoal demonstra, o indivíduo em um EAC amplia sua capacidade de percepção extrassensorial, podendo identificar os seres que habitam essa outra realidade, dita espiritual ou extrafísica.

As "presenças" (obsessores) identificadas durante o processo regressivo em geral estão ligadas ao passado do cliente. Na grande maioria das vezes se apresentam como desafetos do passado que continuam fixados na experiência dolorosa sofrida e permanecem ligados à criança na vida atual, movidos por um projeto de vingança ou justiça.

Como estão em uma dimensão onde as coordenadas espaço e tempo são relativas, essas "presenças" permanecem fixadas psiquicamente no evento do passado. Por esse motivo, "veem" e identificam na personalidade atual do cliente o mesmo personagem do passado.

As atuações das "presenças" podem ocorrer afetando os campos físico, emocional, comportamental e mental da criança, provocando diversos tipos de enfermidades. A observação desse fenômeno espiritual abre um vasto campo de pesquisa na moderna psicologia, e principalmente na TVP (Terapia de Vidas Passadas), sobre as repercussões dessa espécie de influência como componente de diversas psicopatologias.

O terapeuta, durante uma sessão regressiva, levará a criança a identificar essa presença, seus sentimentos e intenções para com a criança e o que motivou essa ligação. Uma vez explorado isso, será feito um trabalho de conscientização para que a criança perceba o que ele repete hoje na sua forma de ser, agir ou pensar que favorece essa ligação e que precisa ser modificado por ele, finalizando-se com um trabalho de desligamento entre a criança e o obsessor.

Com a criança, isso pode se dar de inúmeras maneiras, dependendo da idade e do grau de maturidade de cada uma. A questão pode ser resolvida usando a imaginação, com a criança de olhinhos fechados ou abertos, ou por meio de desenhos, brincadeiras e representações teatrais ou com bonecos.

Do que as crianças Charlie necessitam?

As crianças Charlie geralmente são mais sensíveis e necessitam de acolhimento e apoio até compreenderem o que está se passando com elas e aprenderem a lidar com o fenômeno que vivenciam. Pode ser que essa ocorrência se dê apenas em uma fase da vida delas, cessando a partir de uma idade mais avançada.

Mas existem casos em que essa faculdade se prolonga até o fim da presente existência. E o fato mais importante é que, uma vez que a criança Charlie entende o que se passa com ela e como funciona a interação com o mundo espiritual, ela passa a estar habilitada para lidar com esse tipo de fenômeno, e isso pode se tornar uma habilidade positiva em sua vida, ao invés de um fardo ou problema.

Embora esse tipo de interação apareça muitas vezes como distúrbio, causando mal-estar, medo, confusões, deixa com o tempo um enorme aprendizado, não só para a criança Charlie, mas para os familiares também.

As crianças Charlie muitas vezes necessitam aprender a lidar com a diferença e fortalecer/rever aspectos de sua autoimagem, aceitando que ser diferentes não apresenta nenhuma correlação com algum juízo de valor. Não é bom nem ruim. Faz parte ser diferente. No fundo, todos somos diferentes. Apresentamos afinidades com algumas pessoas em alguns aspectos, mas cada ser é único. E é essa diferença entre todos os seres que faz a interação interpessoal tão rica e útil para o nosso desenvolvimento.

As crianças Charlie necessitam saber que, nessa busca de desenvolvimento e aprendizado, muitos estarão crescendo com ela, sejam encarnados ou desencarnados. E existe um motivo para elas terem vindo com esse tipo de conexão. Quanto mais nos conhecemos, mais toda essa experiência se acomoda e se acalma.

As crianças Charlie necessitam de apoio na fase da descoberta do fenômeno que vivenciam. Mais tarde, muitas vezes representarão o apoio de tantas outras pessoas.

Elas talvez precisem de rotinas mais bem estruturadas, de boas horas de descanso, locais e estímulos (filmes, músicas, amigos) mais calmos, que mantenham ao seu redor uma sensação de paz. Aos poucos, vão aprendendo mais sobre como se manter equilibradas e em paz. E, quanto mais aprendem e amadurecem, mais conseguirão ficar em equilíbrio em ambientes desajustados, sem captar essa energia.

As crianças Charlie precisam se auto-observar e respeitar seu momento e tempo. Com o passar dos anos, aprenderão quando podem ou não se aventurar a estar em ambientes ou com companhias desestruturadas sem se perturbarem com isso.

Algumas dicas para os pais de crianças Charlie

• Procure encarar tudo com naturalidade. Para isso, talvez seja necessário se informar melhor, estudar sobre o fenômeno e/ou buscar ajuda profissional.

• Tente conversar com seu filho sobre o assunto sem demonstrar espanto, desconfiança ou medo. E diga a ele que isso é um acontecimento natural em crianças, minimizando assim os casos em que as crianças usam isso para chamar a atenção dos demais.

• Nunca acuse a criança de estar mentindo. Isso pode fazê-la negar sua mediunidade e acreditar que está com problemas mentais/psicológicos, acarretando confusão mental diante da negação de uma realidade dela pelos seus pais.

• Procure encarar os fatos iniciais com interesse. Essa é uma forma de conseguir mais informações a respeito das ocorrências. Explore o "amigo imaginário": nome, aparência, o que ele deseja da criança e tipos de conselhos, ideias e comportamento para com a criança.

• Cuidado para não incentivar ou estimular a ocorrência desses fenômenos, pela curiosidade demasiada sobre eles. A criança pode se sentir impelida a forjar acontecimentos para satisfazer o interesse e a curiosidade dos adultos ou se desinteressar pelos assuntos do dia a dia e coisas cotidianas.

• Oriente seu filho a se preservar, evitando este tipo de assunto com qualquer pessoa. Explique a ele que nem todos percebem os seres de outras dimensões com a mesma facilidade, e podem rotulá-lo ou ridicularizá-lo.

• Filtre os estímulos visuais da criança, obedecendo à classificação etária de programas, desenhos e vídeos, evitando assim que ela seja exposta a cenas que podem ser usadas por influências espirituais para assustar, causar medo ou prejudicar seu sono, estudo e autonomia no dia a dia.

• Busque apoio religioso em seu local de confiança ou de um terapeuta. Apesar de a Psicologia não considerar a mediunidade, psicólogos consideram a presença de amigos imaginários na infância. Existem terapeutas transpessoais que possuem, em sua abordagem, abertura para trabalhar esse tipo de temática espiritual. Esclarecimentos sobre o assunto e um acompanhamento especializado podem ajudar seu filho a passar por isso sem maiores problemas.

• Durante uma "crise" ou momento de interação mais forte da criança com um componente espiritual, procure ajudá-la a mudar o foco de atenção para alguma tarefa de seu interesse, a fim de "cortar" o pensamento obsessivo. Por exemplo: ajude-a realizar um exercício, cantar uma música, fazer uma oração em voz alta, entrar em um banho frio – qualquer tarefa que a tire daquele *looping* mental que a "assalta" subitamente da tarefa que estava realizando.

• Coloque a escola a par do ocorrido para que alguém possa dar o apoio necessário à criança no momento em que ela necessitar.

• Leituras do Evangelho em casa, ou livros de cunho religioso que levem a criança a se observar e reavaliar suas atitudes e escolhas diárias, costumam ajudar a harmonizar o ambiente e a família, e auxiliam na aquisição de aprendizados úteis.

• Atenção ao risco de suicídio. Tendo em vista o crescente índice de tentativas de suicídio em crianças e adolescentes atualmente, e a constatação frequente da presença de intuições negativas que trazem cenas ou pensamentos que os induzem ao suicídio, sugiro que os pais investiguem abertamente junto a seus filhos Charlie essa possibilidade. Em alguns casos, as ideias vêm de forma mais persistente. Em outros, aparecem despretensiosamente como algo maluco e estranho que as crianças não sabem de onde vem, e passam.

Leituras sugeridas

• *História do Espiritismo*, de Arthur Conan Doyle.

• *As Vidas de Chico Xavier*, de Marcel Souto Maior.

• *Mediunidade e Obsessão em Crianças*, de Suely Caldas Schubert.

• *No País das Sombras*, de Elizabeth d'Espérance.

• *Recordações da Mediunidade*, de Yvonne Pereira.

• *Crianças Médiuns: A Historinha Que Deu Origem ao Espiritismo*, de Luis Hu Rivas.

Levamos o livro espírita cada vez mais longe!

Av. Porto Ferreira, 1031 | Parque Iracema
CEP 15809-020 | Catanduva-SP

www.**boanova**.net

boanova@boanova.net

17 3531.4444

17 99777.7413

Siga-nos em nossas redes sociais.

@boanovaed   boanovaeditora

CURTA, COMENTE, COMPARTILHE E SALVE.
utilize #boanovaeditora

Acesse nossa loja   Fale pelo whatsapp